LA COLLANA DEI PICCOLI

ISBN 978-88-6656-257-3

www.edizioniel.com

Giorgio Scaramuzzino

Gerardo, drago avventuroso

Illustrazioni di Andrea Musso

Einaudi Ragazzi

Il drago Gerardo
ovvero il drago che piange

– Senti papà, mi regali una storia? –
– Una storia?! Ma non ho storie con me. Dovrei inventarne una nuova e non saprei come fare –.
– Ma è facile! Basta cominciarla. C'era una volta… –

– Va bene, ci provo. C’era una volta… un ago –.

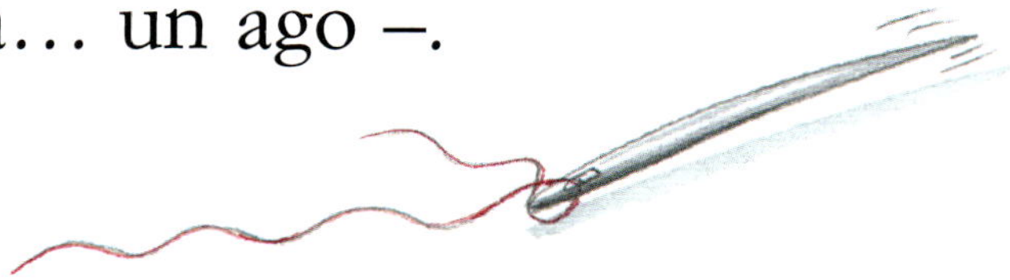

– Cosa? –
– C’era una volta… un lago! –

– Ma noooo! –
– C’era una volta… un mago! –

– Ma uffa! –
– C’era una volta un… DRAGO! –

PANCIA
CON FORNELLO

– Sííííí! Sei forte papà! –
– C'era una volta, e c'era davvero, un drago che si chiamava Gerardo Sputafuoco. A proposito, sai perché i draghi sputano fuoco? –
– Perché hanno i bruciori di stomaco –.
– In un certo senso sí; hanno nella pancia un grande fornello, e ogni volta che il drago sospira fa venir fuori dalla grande bocca una fiamma; e questa fiamma non può spegnersi mai, perché i draghi non piangono. Mai!

Come sai, tutti, e in particolare i bambini, hanno sempre avuto paura dei draghi, soprattutto di quelli cattivi; e nelle storie, di draghi cattivi ce ne sono tantissimi... I draghi con tre teste; quelli con la testa mozzata; quelli che hanno le ali e gli artigli;

quelli che mangiano gli uomini
con i loro denti aguzzi.
Gli Sputafuoco, però, erano una
famiglia di draghi buoni.
Da sette generazioni, si erano
distinti per aver compiuto gesta
e azioni degne di gratitudine da
parte di tutta la città.
Gerardo, l'ultimo discendente,

conosceva bene la storia della sua famiglia, e non c'era giorno che mamma Luisa e papà Mario non gli ricordassero i nobili avi. Per il suo compleanno, poi, gli avevano regalato un grande quadro che raffigurava tutti i suoi antenati, insomma «L'Albero Dragologico degli SPUTAFUOCO».

– Vedi, – diceva papà Mario indicando il grande quadro, – questa è nonna Carla, grande drago dalle guance rosse e dagli occhi azzurri; era una famosa cuoca. Tutti i giorni, all'ora di pranzo, davanti al locale «Da Carla, si mangia e non si parla», c'erano lunghe file di clienti che attendevano il proprio turno per poter assaggiare le sue famose polpette di carne e di pesce. Questo, con il grande cappello e la barba lunga, è lo zio Ernesto, macchinista in gamba. La sua fiamma spingeva veloce sulle rotaie la grande locomotiva. Tutti i bambini al suo passaggio salutavano e battevano le mani –.

LA NONNA
CARLA
LO ZIO ERNESTO

– Questo è Orazio, il tuo bisnonno, – diceva mamma Luisa continuando a illustrare l'«Albero Dragologico».
– Faceva il vetraio. Anzi, era il vetraio piú richiesto di tutta la regione. Bastava un solo sospiro e con la sua fiammata trasformava la goccia di vetro in un'enorme damigiana –.
E cosí, i genitori di Gerardo, giorno dopo giorno, gli raccontarono le prodezze dei nonni, degli zii e di tutto

il parentado. Anche mamma Luisa e papà Mario avevano un lavoro che li faceva amare da tutti: erano addetti allo scioglimento del ghiaccio che d'inverno si formava sulle strade, cosí nessuno sarebbe scivolato e si sarebbe rotto le ossa.
«Chissà se anch'io un giorno potrò essere in gamba come tutta la mia famiglia», pensava Gerardo ogni volta che guardava l'«Albero Dragologico».

Ma anche se ci metteva tutta la sua buona volontà non riusciva a combinare nulla di buono; anzi, ogni cosa che faceva si trasformava in un vero disastro. Era insomma la pecora nera... il drago nero della famiglia. Se andava in biblioteca e iniziava a leggere un libro di fiabe, una delle sue passioni,

non riusciva mai a finirlo,
perché con i suoi sospiri
di fuoco lo riduceva in un
mucchietto di cenere; il cugino
Pancrazio, il fabbro del paese,
gli aveva costruito un libro di
latta, ma non era la stessa cosa
che sfogliare un libro di carta
e annusare l'odore della colla.
Ma lui non si dava per vinto:
– Voglio riuscire a tutti i costi
a leggere un libro di carta fino
all'ultima pagina –.
E allora tornava in biblioteca;
libro dopo libro bruciò quasi

tutta la sezione «Fiabe e Favole», e cosí un giorno il bibliotecario fu costretto ad appendere sulla porta un grande cartello con la scritta: «Vietato al drago Gerardo».

– Aprite! Aprite! – gridava Gerardo bussando con forza.

Ma non ci fu nulla da fare. La porta della Civica Biblioteca non si aprí e lui dovette tornarsene indietro sconsolato.

– Non potrò mai piú leggere un vero libro di fiabe –.

BIBLIOTECA
VIETATO AL DRAGO GERARDO

Se poi, per caso, si fermava davanti a una gelateria, in men che non si dica, con i suoi sospiri infuocati trasformava crema, cioccolato e pistacchio in un grande fiume dolciastro che inondava la strada.
Allora il gelataio su tutte le furie gli gridava: – Gerardo, ti ho detto mille volte di non passare piú davanti alla mia gelateria –.
Gerardo si allontanava a malincuore pensando: «Non riuscirò mai a mangiarmi un gelato… gelato».

GELATI
CREMA
CIOCCOLATO
PISTACCHIO

Nel quartiere nessuno lo sopportava piú.
– Dobbiamo liberarci di Gerardo! – gridavano i vicini di casa.
– È il terrore della città! – protestavano le guardie.
– Gerardo, sei un disastro! – dicevano in coro mamma

Luisa e papà Mario, sempre piú arrabbiati. E un giorno che Gerardo aveva combinato un disastro piú disastroso dei precedenti, i suoi genitori furono costretti a prendere una dura decisione: – Gerardo, non sei degno di chiamarti Sputafuoco. Da ora in poi dovrai cavartela

da solo. Ma se riuscirai a farti amare dalla gente, combinando qualcosa di buono, ti accoglieremo di nuovo tra noi –.
Gerardo, solo e abbandonato, cominciò a vagare per le strade e le campagne. Aveva tanta voglia di piangere, ma non gli riusciva, perché i draghi non piangono. Mai!
Intanto, la fama di Gerardo si era sparsa in tutta la regione. Si sa come è fatta la gente, ingigantisce la verità, e cosí in poco tempo Gerardo era diventato, a detta

di tutti, l'animale piú pericoloso in circolazione. Ben presto, fu catturato e rinchiuso in una specie di zoo, dove vivevano tutti gli animali che avevano combinato dei guai.
C'era il vampiro Piero, che al contrario degli altri vampiri usciva solo quando c'era il sole per prendere la tintarella, spaventando cosí tutta la popolazione; c'era l'elefante Ciro, che amava saltare con la corda facendo crollare tutti i cornicioni delle case; c'era

LO ZOO
DRAGO

l'ippopotamo Andrea, che faceva il bagno nella fontana della piazza centrale allagando tutte le case;

c'era l'anguilla Pinuccia, che sbagliando spesso strada usciva fuori dai rubinetti delle cucine;

c'era la vespa Teresa, che pungeva solo le guardie; c'era il leone Silvio, che non si accontentava di essere re, e siccome voleva diventare a tutti i costi imperatore, faceva la guerra a tutti quelli che incontrava; e tanti altri ancora.
Gerardo non si trovava certo bene in quel posto, imprigionato dietro le sbarre di ferro: – Non potrò piú rivedere i miei amici, tornare a casa, mangiare gelati e leggere libri di fiabe di carta. Non sarò mai un drago buono –.

Seduto in un angolo della prigione, Gerardo passava le sue giornate sospirando. E che fiammate! Tutti i bambini che andavano a visitare lo zoo, avevano paura di avvicinarsi alla sua gabbia: – Guarda! Un drago cattivo! –
– Mamma, guarda, un incendio!!! –
– Scappiamo, se no quello ci cuoce –.

– Sembra di essere all'inferno! –
Insomma, anche i bambini, che Gerardo amava tanto, lo temevano, e cosí gli animali dello zoo iniziarono a prenderlo in giro.

– Gerardo non si merita uno sguardo!!! – urlava con voce stridula l'anguilla Pinuccia, che andava matta per le rime.

– Guardate, un drago buono che fa paura ai bambini, – diceva ridendo l'elefante Ciro.
– Ah, ah, ah! Avete visto ragazzi? Gerardo è verde dalla rabbia, – l'ippopotamo Andrea diceva cosí, ma sapeva benissimo che tutti i draghi sono verdi di natura.
Piú passavano i giorni, piú gli animali dello zoo si prendevano

gioco di lui, e Gerardo diventava sempre piú triste e malinconico. I suoi sospiri ormai non si contavano piú, le fiammate si facevano sempre piú grandi e una sera, quando i cancelli dello zoo erano chiusi da un pezzo, il vociare dei bambini era sparito, e gli animali dormivano, Gerardo fece un sospirò piú forte del solito.
La sua fiammata fu cosí potente che le sbarre della prigione cominciarono a fondersi. Si aprí un grande varco e lui uscí dalla

DRAGO

gabbia: – Urrà! Sono libero!!!
Posso tornare a casa!!! –
Gerardo schizzò fuori e corse
verso l'uscita.
– Evviva! Sono libero! Urrà! –
gridava felice Gerardo e i suoi
urli svegliarono gli animali dello
zoo.
– In piedi, ragazzi! Gerardo si

è liberato, – disse per primo il leone Silvio cercando di svegliare i piú dormiglioni.

– Gerardo! Se sei davvero un drago buono come dici, libera anche me! – urlò il vampiro Piero.

– Non farò piú il bagno nella fontana se mi libererai! – gridò l'ippopotamo Andrea.

– Non salterò piú alla corda se mi farai uscire dalla mia prigione, – pregò in ginocchio l'elefante Ciro.

– Non ti prenderemo piú in giro e saremo tuoi amici, – ronzò la vespa Teresa.
Gerardo, che nel frattempo si era fermato ad ascoltare le voci degli animali, ebbe un'idea: questa

poteva essere l'occasione giusta per dimostrare al mondo che anche lui era un drago buono.
Senza perdere tempo Gerardo si avvicinò alle gabbie: – Chiudete gli occhi e state lontani dalle sbarre, – disse con voce autoritaria e cominciò a sospirare fuoco. Il ferro delle gabbie si sciolse in un baleno.
– Ora potete aprire gli occhi. Siete liberi! – disse Gerardo.
Gli animali all'inizio erano un po' impauriti, ma quando si resero conto che avevano

LE GABBIE APERTE
ELE

conquistato la libertà esplosero di gioia. Barriti, grida, sghignazzi, nitriti, ruggiti e starnazzi riempirono il silenzio della notte.

– Gerardo ci ha liberati! –

– Gerardo è un drago buono! –

– Gerardo non è verde dalla rabbia, è verde di natura! –

– È un vero Sputafuoco! –

Cosí dicendo gli animali si avvicinarono a Gerardo e lo abbracciarono; era diventato il loro migliore amico.
Senza perdere tempo, Gerardo si mise in viaggio verso casa, non vedeva l'ora di raccontare la sua impresa.
– Hai compiuto un'azione degna di un vero Sputafuoco. Siamo orgogliosi di te, – dissero mamma Luisa e papà Mario.

Gerardo a quelle parole fu cosí felice che scoppiò a piangere… sí, proprio a piangere e il fiume di lacrime spense per sempre i suoi sospiri di fuoco.
Gli abitanti del villaggio alla notizia del «drago che piange», cosí fu soprannominato Gerardo da quel giorno, lo presero in simpatia e lo accolsero come un vero amico, dimenticandosi dei disastri combinati in passato. Il sindaco lo nominò bibliotecario della sezione «Fiabe e Favole», e

OOOH!
LACRIME
DI GERARDO

trasformò lo zoo in un grande parco. Ora, di tanto in tanto, il gelataio permette a Gerardo di usare il carretto dei gelati. Se sei fortunato, lo puoi incontrare nel parco la domenica, circondato da decine di bambini: è diventato il loro migliore amico.

– La storia è finita, adesso tocca a te regalarmene una –.

– Ma papà, non ne ho io di storie –.

– Allora inventala, è facile, basta incominciare... –

– Ci provo... C'era una volta... –

Questa storia però non ve la raccontiamo, perché... è un'altra storia.

Il drago Gerardo
e le vacanze mostruose

– Papà, mi avevi promesso l'altra storia in regalo, ti ricordi? –

– Certo che mi ricordo! Una nuova storia del Drago Gerardo –.

– Bravo papà! Cosa è successo a Gerardo in questo periodo? –

– Ha lavorato in biblioteca nel settore «Fiabe e favole», il suo preferito. E la domenica ha aiutato il gelataio nel parco. Insomma, si è dato un gran da fare! –

– E non ha fatto nemmeno un po' di vacanza? –

– Ancora no! Ma ascolta questa storia, perché racconta proprio delle prime vacanze di Gerardo... vacanze davvero mostruose!! –

– Comincia papà! –

– Va bene, comincio... –

FIABE E FAVOLE

La storia inizia in un giorno di primavera, anzi, quasi d'estate, perché la primavera stava finendo. Il sole era grande e caldo, e i bambini sognavano già le vacanze.
Quel giorno, come al solito, Gerardo era in biblioteca, quando gli si avvicinò un bambino e gli disse:
– Ciao, Gerardo! Mi consigli un bel libro da leggere durante le vacanze? –
– Beato te! – esclamò Gerardo con un sospiro.

– Perché beato me? –
– Perché vai in vacanza… io non ci sono mai andato –.
– E perché, Gerardo, non sei mai andato in vacanza? – chiese il bambino.
Gerardo non seppe cosa rispondere.

In realtà, Gerardo non era mai andato in vacanza soltanto perché… non ci aveva mai pensato! Ma da quel momento ci pensò notte e giorno: «Ho lavorato un anno intero e ora merito un po' di riposo… Eh, già! Voglio fare un bel viaggetto. Me ne andrò in un posto tranquillo, dove leggere i miei libri di carta, dormire e rilassarmi! Sissignori: andrò in vacanza!».
E così, Gerardo prese un foglio e ci scrisse sopra:

«SONO IN VACANZA».

Lo appese fuori dalla biblioteca e andò subito in un'agenzia di viaggi: uno di quei negozi pieni di poster colorati che raffigurano

montagne bellissime e spiagge
con le palme e la sabbia bianca.
– Voglio andare in vacanza,
in un posto lontano da qui
dove stare tranquillo! E voglio
andarci in aereo, perché non ho
mai volato! –
Cosí disse Gerardo alla
signorina dell'agenzia. E lei gli
rispose, molto gentile:
– Per un tipo come lei ho un
posto speciale: è un lago. Si
trova su un'isola che si chiama
Gran Bretagna, al Nord. È il
lago di Loch Ness. D'estate

fa un bel fresco, si può dormire
sotto gli alberi e andare a pesca.

Vedrà, è proprio il posto che fa per lei! –

– E posso andarci in aereo? – chiese Gerardo.
– Certo! – rispose la signorina, molto gentile. – E se vuole può

partire anche domattina –.
Detto fatto, Gerardo comprò il biglietto.
– Tenga questo libretto, – disse infine la signorina. – Ci sono tante notizie utili sul viaggio e qualche consiglio molto importante per i draghi come lei. Mi raccomando, lo legga con attenzione, soprattutto a pagina 11 –.
– Grazie molte! – rispose Gerardo tutto allegro e uscí dall'agenzia per andare a casa a preparare lo zaino.

Ci mise dentro un asciugamano, una canna da pesca, un canotto gonfiabile e il saccone a pelo. Poi scelse qualche libro, ma nella fretta dimenticò proprio quello che gli aveva dato la signorina.
Gerardo era emozionatissimo al pensiero di salire su un aereo, ma sotto sotto aveva anche un po' di paura.
E quando finalmente si addormentò, sognò che l'aereo precipitava. Si agitò talmente che ruzzolò sul pavimento

SACCO A PELO
CANNA DA PESCA
ZAINO
DRAGO GERARDO
NOTIZIE UTILI
!

e prese una grande testata.
Quando suonò la sveglia, si precipitò giú dal letto e si lavò in fretta e furia.
Poi si vestí: calzoncini corti, scarponi da montagna, cappellino da pescatore, occhiali da sole e naturalmente giubbotto salvagente, dato che non sapeva nuotare.
Gerardo salutò il papà e la mamma (che quasi non lo riconobbero!) e andò a prendere l'autobus che portava all'aeroporto.

«Mamma mia, che paura! – pensava Gerardo. – Tra poco salirò sull'aereo... Ma su, devo farmi coraggio: sarà una vacanza fantastica!»

– I signori passeggeri sono pregati di allacciarsi le cinture di sicurezza. L'aereo sta per decollare! – annunciò il pilota.

Il grande momento era arrivato! Gerardo voleva tanto obbedire al pilota, ma non ci fu niente da fare: la cintura era troppo corta! E cosí le signorine dell'aereo dovettero prendere una corda e

legarlo ben stretto alla poltrona.
Finalmente l'aereo partí.
Gerardo era seduto vicino al finestrino, ma non aveva il coraggio di guardare giú. Certo, il panorama doveva essere mozzafiato, ma il pensiero di trovarsi tanto in alto lo riempiva di terrore.
Per fortuna, lí accanto sedeva un bambino che aveva una faccia molto simpatica. Chiese a Gerardo se voleva giocare con lui, e presto la paura sparí.
Gerardo gli raccontò le sue

avventure. Gli disse di quando aveva sputato fuoco, e di quando lo avevano rinchiuso nello zoo e lui aveva liberato tutti gli animali chiusi nelle gabbie.

Cosí, il tempo passò in fretta. L'aereo atterrò in Gran Bretagna e Gerardo salutò il suo compagno di viaggio. Le vacanze erano cominciate! Gerardo andò nella sala d'attesa.

Lí lo aspettava un signore, con un grande cartello che diceva: «BENVENUTO, GERARDO!». Lo salutò e lo accompagnò con la macchina sulle rive del lago. Non si accorse nemmeno che Gerardo era un drago: per forza, conciato com'era!

Gerardo ringraziò gentilmente e si mise in cerca di un posto tranquillo dove passare la notte. Ormai era quasi buio e non c'era tempo per fare una passeggiata. Meglio infilarsi subito nel saccone a pelo.
«Domani sarà il mio primo vero giorno di vacanza! Pescherò un bel pesce e lo mangerò a colazione, poi farò un bagno, leggerò un po' e...»
Gli occhi di Gerardo si chiusero e lui sprofondò nel sonno. Era stanchissimo

e quella notte fece sogni tranquilli.
Alle prime luci dell'alba, Gerardo si svegliò. Era curioso di vedere il lago sotto i raggi del sole.
Che spettacolo meraviglioso! L'acqua era di un verde intenso e anche le colline che lo circondavano erano verdi, piene di alberi e felci giganti. Sul lago si specchiava anche un castello: un grande castello, uguale a quello delle fiabe che leggeva in biblioteca.

Era molto presto e lí intorno non c'era nessuno. Allora Gerardo si vestí di tutto punto, prese la canna da pesca e si mise all'opera. I pesci abboccavano e ne fece subito una bella scorta.
Nel frattempo, sul lago arrivarono molte persone: chi con il pullman, chi con la barca, qualcuno persino a nuoto. Erano decine e decine e stavano tutti appostati lí attorno, armati di macchine fotografiche.

Il sole ormai era alto e faceva molto caldo.
– È ora di fare un bel bagno! – disse Gerardo. Quindi si tolse i vestiti e si tuffò senza pensarci due volte. In quel preciso istante, tutte le persone con le macchine fotografiche lo videro e si misero a gridare:
– Eccolo! È lui! È il drago! È il mostro! È Nessi! Presto, fotografiamolo! –
Gerardo si guardò intorno: accidenti, stavano indicando proprio lui!

– È lui! È il mostro! –
continuavano a gridare.
Gerardo non capiva perché ce l’avessero tanto con lui, ma capí che doveva scappare. Allora uscí dall’acqua e cominciò a correre. Centinaia di persone lo inseguivano gridando a squarciagola:
– Acchiappiamolo! È Nessi! Fotografiamolo! –
Raggiunse di corsa l’aeroporto e riuscí a saltare su un aereo che stava decollando.
Appena in tempo! Stremato, si

sedette sulla poltroncina e pensò: «Come primo giorno di vacanza non è stato granché. Forse dovevo restarmene in biblioteca. In fondo, è un posto molto piú tranquillo». Quando tornò a casa, Gerardo era molto triste e abbattuto: non riusciva proprio a capire cos'era successo laggiú, sulle rive di quel bel lago. Se ne stava seduto sul letto, immerso in questi pensieri, quando vide il libretto che gli aveva dato la signorina dell'agenzia di viaggi.

Lo aprí a pagina 11, lesse con molta attenzione e quindi esclamò:

– Ora capisco! Ma sí, è tutto chiaro! –

– Tutto chiaro, papà?! Ma io non ho capito nulla! –

– Non hai capito nulla perché

non sai cosa c’era scritto a pagina 11 –.

– E cosa c’era scritto, papà? –

– Per caso ho qui con me proprio quella pagina. Eccola –.

Il papà porse al figlio il libretto e insieme lessero la pagina 11. Nelle acque del lago di Loch Ness viveva un drago molto famoso, di nome Nessi: tutti ne avevano sentito parlare, ma nessuno era mai riuscito a fotografarlo!

– Ora capisco, papà! Ora sí che è tutto chiaro! –

– Hai visto? –

– Ma allora Gerardo non andò piú in vacanza! –

– Come no! Ripartí subito, però questa volta scelse la montagna –.

Avviso importante per tutti i Draghi.
Si consiglia a tutti i draghi di non passare le vacanze nei pressi del lago di Loch Ness.
In questo lago infatti vive una specie di drago, chiamato Nessi. Si tratta molto probabil_mente di un animale preistorico che si pensava estinto 25 milioni di anni fa, una specie chiamata Basilosauride.
Per questo motivo molti turisti, soprattutto nel periodo delle vacanze, si aggirano sulle sponde del lago per poter fotografare Nessi.
ATTENZIONE perciò a tutti i draghi, anche perché recentemente un ricco signore inglese ha pensato di offrire molto denaro a tutti coloro che fossero in grado di testimoniare con una fotogra_fia l'esistenza del Drago Nessi.
11

– Racconta, papà! –
– Non posso! –
– Perché non puoi? –
– Be', perché questa... è un'altra storia –.

Indice

Gerardo, drago avventuroso

Einaudi Ragazzi

La collana dei piccoli

Roberto Piumini, *Mille cavalli*
Roberto Piumini, *Storie in un fiato*
Lella Gandini - Roberto Piumini, *Fiabe d'Italia*
Stefano Bordiglioni, *Un attimo prima di dormire*
Storie di streghe, lupi e dragolupi
Stefano Bordiglioni, *Storie per te*
Roberto Piumini, *Storie per chi le vuole*
Gianni Rodari, *La torta in cielo*
Roberto Piumini, *C'era una volta, ascolta*
Roberto Piumini - Emanuela Bussolati, *Fiabe per occhi e bocca*
Favole di Esopo
Roberto Piumini - Francesco Altan, *Mi leggi un'altra storia?*
Ingo Siegner, *Nocedicocco - Draghetto sputafuoco*
Oscar Wilde, *Il fantasma di Canterville*
Stefano Bordiglioni, *Una storia in ogni cosa*
Beatrice Masini, *Che fata che sei*
Vivian Lamarque, *Storie di animali per bambini senza animali*
Sabina Colloredo, *Storie vere di animali*
Lella Gandini - Roberto Piumini, *Fiabe da tutta Italia*
Nicoletta Costa, *Allumé - Storie di un cavallo*
Gianni Rodari, *Prime fiabe e filastrocche*
Stefano Bordiglioni, *Storie col motore*
Geraldine McCaughrean, *Grandi amori sull'Olimpo - Storie degli dei greci*
Véronique Beerli, *Belle, astute e coraggiose*
Roberto Piumini, *Storie d'amore*
Lewis Carroll, *Alice nel paese delle meraviglie*
Stefano Bordiglioni, *Scuolaforesta*
Mario Lodi, *Bandiera*
Vivian Lamarque, *Mettete subito in disordine! - Storielle al contrario*
Roberto Piumini, *Il circo di Zeus*
Saviour Pirotta, *Ai piedi dell'Olimpo - Miti greci*
Gianni Rodari, *C'era due volte il barone Lamberto*
Jill Barklem, *Il mondo di Boscodirovo*

Henriette Bichonnier - Pef, *Storie per ridere*
Lella Gandini - Roberto Piumini, *Mille fiabe d'Italia*
Stefano Bordiglioni - Manuela Badocco, *Dal diario di una bambina troppo occupata*
Lydia Marin Ross - Johanna Marin Coles, *L'alfabeto della saggezza*
Gianni Rodari, *La gondola fantasma*
Bianca Pitzorno, *Streghetta mia*
Jill Barklem, *Un anno a Boscodirovo*
Roberto Piumini, *Mattia e il nonno*
Beatrice Masini, *Amici per sempre*
Roberto Piumini, *Belle da raccontare*
Erwin Moser, *La barca dei sogni - Storie della buonanotte*
Stefano Bordiglioni, *Storie sotto il letto per dormire… quasi tranquilli*
Ingo Siegner, *Nocedicocco e la nave pirata*
Vivian Lamarque, *La bambina bella e il bambino bullo e altri bambini e bambine*
Gianni Rodari, *Fiabe e Fantafiabe*
Lella Gandini, *Ninnenanne e tiritere*
Roberto Piumini, *La valle dei mulini*
Stefano Bordiglioni, *Storie prima della storia*
Roberto Piumini, *A cavallo fra i castelli*
Nicoletta Costa, *Evviva l'alfabeto!*
Nicoletta Costa, *Storie di foglie e di cielo*
Silvia Roncaglia, *Storie coi fiocchi*
Michel Piquemal, *Fiabe mitologiche di eroi e di mostri*
Michael Morpurgo, *Storie sotto i baffi - Favole di Esopo*
Stefano Bordiglioni, *Il capitano e la sua nave - Diario di bordo di una quarta elementare*
Altan, *Kamillo Kromo*
Rolande Causse - Nane Vézinet, *Storie di cavalli*
Beatrice Masini, *La bambina di burro e altre storie di bambini strani*
Daniel Pennac, *Io e Kamo*
Ingo Siegner, *Nocedicocco e il grande mago*
Beatrice Masini, *Storie dopo le storie*
Roberto Piumini, *Alice nel paese delle meraviglie*
Vivian Lamarque, *I bambini li salveranno (Chi? Gli animali)*
Nicoletta Costa, *La maestra Margherita*
Nicoletta Costa, *Alfabeto per colazione*
Ingo Siegner, *Nocedicocco fa il giro del mondo*
Francesca Ruggiu Traversi, *Tommy Scuro e il segreto di Villa Brivido*
Daniel Pennac, *Kamo - L'idea del secolo*
Gianni Rodari, *Zoo di storie e versi*
Guido Sgardoli, *Vite di animali*
Stefano Bordiglioni, *Zannalunga orchetto smemorato*
Nicoletta Costa, *L'albero Giovanni e suoi amici*

Gionata Bernasconi, *Lucia e il brigante*
Ingo Siegner, *Nocedicocco e il mistero della Mummia*
Nicoletta Costa, *Streghe, streghine e stregatti*
Francesca Ruggiu Traversi, *Il Campeggio delle Streghe*
Stefano Bordiglioni, *La congiura dei Cappuccetti*
Oscar Wilde, *Il Gigante egoista*
Stefano Bordiglioni, *Storie per giocare*
Beatrice Masini, *Storie dell'uomo verde*
Tony Bradman - Tony Ross, *Storie di eroi*
Sabina Colloredo, *Un cavallo per amico*
Gianni Rodari, *I viaggi di Giovannino Perdigiorno*
Gianni Rodari, *Storie di Marco e Mirko*
Ingo Siegner, *Nocedicocco va a scuola*
Silvia Roncaglia, *Le avventure del pirata Cicciobombo*
Marco Bosonetto, *Uffa, cambio genitori!*
Storie di fate, a cura di Tig Thomas
Stefano Bordiglioni, *Sogni di principesse*
Ingo Siegner, *Nocedicocco e il pirata*
Guido Sgardoli, *Un panda per amico*
Guido Sgardoli, *Mistero allo zoo*
La storia di Pik Badaluk
Gianni Rodari, *Versi e storie di parole*
Daniel Pennac, *Kamo - L'agenzia Babele*
Febe Sillani, *Viaggio intorno al mondo*
Daniel Pennac, *L'evasione di Kamo*
Angela Nanetti, *L'uomo che coltivava le comete*
Stefano Bordiglioni, *Un problema è un bel problema*
Ingo Siegner, *Nocedicocco e la strega del maltempo*
Sabina Colloredo, *Una gattina senza paura*
Roberto Piumini, *Piccolo viaggiatore*
Stefano Bordiglioni, *Bianchina e Nerina amiche per la pelle*
Stefano Bordiglioni, *Il principe e la principessa*
Giorgio Scaramuzzino, *Le avventure del drago Gerardo*
Agostino Traini, *Ornella, pecora birichina*
Erwin Moser, *Minuscolo*
Nicoletta Costa, *Un campione alla fattoria*
Lella Gandini - Roberto Piumini, *Fiabe siciliane*
Giorgio Scaramuzzino, *Gerardo, drago avventuroso*

Finito di stampare nel mese di marzo 2015
per conto delle Edizioni EL
presso G. Canale & C. S.p.A., Borgaro Torinese (To)